KB121764

시조동화 꿈

이동훈 지음

어문학사

목차

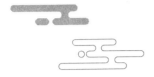

하늘나라가 있어요.
구름 위에 있지요.
높고 높은 곳이라서
하늘나라는
경치가 좋고 공기도 좋아요.
해와 달과 별이
이곳에 살지요.

하늘나라에는
왕자가 있어요.
이름은 단단,
하느님 아들입니다.
똑똑하고 명랑해서
모두가 좋아해요.
얼굴이 동그랗고 환합니다.
보면 마치 밝은 해와 같아요.

단단 왕자는
구름 사이로 땅을
내려다보기를 좋아해요.
빛이 노상 춤추는 곳,
왕자는 땅 나라를 사랑하나 봐요.

아침에 눈 뜨고부터
단단은 틈틈이
하늘 아래에서 놀아요.
햇빛을 타고 가
땅 나라 이곳저곳을
구경하며 놀기를 좋아했지요.

물론 마음만 그랬어요.
실제로는 갈 수 없어서 안 돼요.
이런 날들이 한참 길게 이어졌어요.
단단 왕자의 발 앞에는
좋기도 하고 아쉽기도 한 시간들이
낙엽처럼 수북수북 쌓여갔어요.

단단은 땅에서 생전 처음
사람을 본 날을 잊을 수 없어요.
'앗!'하고 비명을 터뜨렸죠.
왕자가 깜짝 놀란 거예요.
왜냐하면
땅 사람이 하늘 사람하고 똑같아요.
똑같이 생긴 거예요.
마치 거울을 보는 것 같았거든요.

'에구나, 땅 사람이 우리와 똑같네.'

하늘에 밤이 찾아왔어요.
어두운 기운을 뚫고서
별이 피어나고 있어요.
꽃처럼 별이 초롱초롱 피어나고 있어요.
밤이 깊어지면
하늘나라가 별 나라가 돼요.
별 잔치가 열리고
별들이 꽃구름처럼
예쁘게 흘러갑니다.

하늘나라는 별도 많고
금은보화가 가득하고
별별 게 다 있어요.
무엇 하나 없는 게 없지요.
엄청 부자 나라예요.
그런데 진짜로는 딱 하나가 없다는데
그게 무엇인지는 잘 모르겠어요.

'자동차?
비행기?
휴대폰?
기차?
로봇?
학교?
게임기?
시험?'

아유 몰라 어떡하지요?
단단 왕자님에게 물어볼까요?

"왕자님, 왕자님.
하늘나라에 없는 게 뭐예요?"

왕자는 그림자도 안 보여요.
스치는 바람이 대답합니다.

"꿈이 없어.
하늘나라는 꿈이 없어."

햇살이 투명한 어느 날이에요.
평소와 다름없이
하늘왕자가 땅 세상을
물끄러미 내려다보고 있어요.
사랑이 가득한 눈빛으로 말이죠.
그런데 그때
왕자의 눈에 무언가가 뛰어들어요.
거울에 되비친 햇빛처럼
무엇이 눈부시게 찾아왔어요.
아 그건 다름 아니라
처음 보는 사람인데,

예쁘게 생긴 여자아이예요.

왕자는 아찔했어요.
소녀가 하도 예뻐서 그래요.
아픈 것도 같고
슬픈 것도 같고
기쁜 것도 같은 묘한 설렘이
가슴 깊은 곳에서
분수처럼 솟구쳤어요.

단단은 별과 별 사이를 달려가
소녀의 눈빛과 몇 번을 마주쳤어요.
왕자의 심장 박동이
자꾸자꾸 빨라집니다.

'왜 이래, 왜 이래, 내가 왜 이래?'

소녀의 눈웃음이
나비처럼 팔랑거리며
왕자의 눈 속으로

자꾸자꾸 날아들어요.
눈앞에서 진짜로
나비가 날갯짓을 하고 있어요.

'내가 왜 이러지?
내가 왜 이러지?'

하늘왕자가
물 밖에 나온 송사리처럼
숨이 잦게 펄떡거려요.

왕자는 얼굴이 발개졌어요.
부끄러운 것 같기도 하고
화가 난 것 같기도 하고
몸에서 열이 살짝 나는 듯해요.
몸 전체가 난로 속처럼 달아올라요.

단발머리 소녀가
소녀의 커다란 눈망울이
머릿속에서 자꾸만 맴도는 거예요.

아아, 하늘왕자는 차마
앉은 자리를 떠나지 못했어요.

그날 이후로
하늘왕자는
인간 세상이 더욱 그리웠어요.
밤이 되면 더한층 애가 탔지요.
하늘 사람들이 하나둘
별꽃으로 피어나면
소녀를 보고픈 마음이
별꽃과 함께 총총 돋아났어요.

'아아 저곳에 내가 갈 수 있다면 정말 좋겠구나.'

왕자는 날마다 그렇게 생각했어요.

시간은 시냇물처럼 흘러갔어요.
오늘은 아주 특별한 날이에요.
단단이 시조 심사를 보는 날이죠.
햇살이 두루두루 아침 인사를 해요.

해마루 선생이 미소를 지을 뿐,
시조청(시조를 담당하는 관청) 넓은 뜰은 아무도 없어요.
스승과 제자 단둘이에요.
단단 왕자를 가만 보니
어럽쇼, 손에 단소가 들려 있네요.
지금 막 시조 심사를 하려나 봐요.

왕자가 잔뜩 긴장하고 있어요.
미간(두 눈썹 사이)을 모으고
눈을 가느다랗게 뜨고 있어요.
사부가 지켜보는 가운데
시조놀이 자격증을 최종적으로 확인하고 있어요.
단단은 이번에 꼭 합격해야 해요.
왜냐하면 시조 유단자만이 지상에 내려갈 수 있거든요.

단소를 들고 왕자가
춤을 추듯이 천천히 움직입니다.
기운을 온통 단전(배꼽 아래 아랫배)에 모아요.
오른손에서 왼손으로 단소가 옮겨지고
다시 왼손과 오른손이 단소를 교대로 잡아요.

왕자의 천천한 몸짓이
환하게 빛나고 있어요.

시조청 뜰에 있는 풀과 나무가
싱싱한 기운을 한껏 보태주고 있네요.

해마루 사부의 긴 그림자가
시조청 앞뜰을 꽉 채우고 있어요.
스승의 그림자 안에서
왕자가 춤을 추네요.
단소로 하는 시조술(시조 검술) 동작입니다.
손에 땀이 배어날 때마다
단소를 양손으로 옮겨 잡으며
단단 왕자가 춤을 추듯 놀아요.
흐르는 구름 같이 놉니다.
얼쑤 절쑤
낭창하게 춤을 춰요.

"단단 청!"

갑작스레 시조청 뜰에서

날카로운 쇳소리가 귀청을 때려요.

단단이 주문을 외며

단소를 몸 앞으로 쭉 내뻗네요.

그러자 단소 끝에서 세찬 물줄기가

소방 호스 물처럼 강하게 뿜어져 나와요.

아니 아니, 이건 숫제

뒤집개질(이리저리 뒤집는 짓)하는 강물의 덮침이네요.

성난 청룡이 연달아

단소 끝에서 뛰쳐나오는 것 같아요.

단단의 외침이 날카롭군요.

두 번째 주문입니다.

"단단 홍!"

쇳소리와 함께

단소를 다시 한번 힘차게 내뻗어요.

단소 끝에서 이번에는

벌건 불기둥이 솟구쳐 나옵니다.

단소가 불을 토하는 천마로 변신했어요.
단소 끝에서 뜨거운 불길이
화염방사기 불기둥처럼 뿜어져 나와요.
이글이글 불기운이 아주 뜨거워요.
지옥 불이 저런가 싶어요.

하늘왕자가 만족한 웃음을 지으며
단소를 머리 위로 스윽 치켜듭니다.
거짓말처럼 불길이 뚝 그치네요.

세 번째 주문은 뭘까요?
마지막이에요.

"단단 황!"

단소 끝에서 회오리바람이
강하게 몰아치며
풍경을 마구 뒤흔들어요.
단소 끝에서 큰바람이 쏟아져 나와요.
아주 사나운 바람이에요.

바윗돌이 날아갈 정도의 세찬 바람이에요.

왕자가 미소를 짓네요.
마음에 들었나 봐요.
단소를 번쩍 위로 치켜드니
바람이 뚝 그쳐 버립니다.

시조청 넓은 뜰이
다시 고요의 바다에 빠졌어요.
왕자가 행복한 표정을 짓고 있어요.
사부에게 미소를 씽긋 보내요.
단소가 맘에 든다는 눈치겠죠.
단소를 다루는 제 솜씨가 어떠냐고
시조청장(시조청의 으뜸 벼슬)에게 넌지시 묻는 뜻도 들
어있어요.

후후훗,
스승과 제자가 마주 보고 웃네요.
합격이 틀림없을 듯해요.
결과가 나왔습니다.

놀랍게도 점수는
십 점 만점에 십 점!

"축하 축하!"

바람이 축하 인사를 전해요.
하늘왕자가
시험을 완전히 통과했어요.
단단은 속으로 만세를 불러요.
이제 땅 나라에 갈 수 있게 되었거든요.

'하느님 고맙습니다.
해마루 사부님 고맙습니다.'

하늘 아래 땅 나라에
지금 괴물이 있습니다.
머리가 둘인데,
한쪽은 닭 머리고
다른 쪽은 돼지머리에요.
몸뚱이는 사람처럼 생겼어요.

상상해 보세요.
생긴 꼴이 완전 괴물입니다.
지금 땅 나라에서
이 괴물이 갖은 횡포를 부리고 있대요.
괴물 이름은 '코로나'예요.
사람들이 이름을 그렇게 지었어요.

코로나는 병 이름이에요.
괴물이 사람들에게 퍼뜨린 병이죠.
코로나는 인수 전염병으로
숨만 잘못 쉬어도 위험해요.
공기 감염이 되거든요.
그래요, 알고 보면
코로나의 정체는 바로 병균이에요.
이것이 괴물처럼 변신하여
지금 땅 나라를 괴롭히고 있어요.
코로나 병균은 지구 역사상 처음이라서
사람들이 속수무책으로 당하고 있어요.

땅 세상은 오늘날

낮이 밤처럼 어둡고
밤은 아예 깜깜해졌어요.
낮이고 밤이고
앞이 잘 안 보이는 거예요.
희망이 안 보여요.
즐거움이 안 보여요.
사람들은 코로나 때문에
서로 만나지 못하고
함께 어울려서 즐기지 못해요.
시와 노래와 놀이조차
죄다 없어졌어요.
코로나 괴물이 다 집어삼켜서 그렇죠.
사람들의 대면 접촉이 완전히 사라졌어요.

괴물 코로나가
지상의 왕이 되었어요.
생명과 건강, 그리고
시와 노래와 놀이까지
모든 걸 움켜쥐었어요.
사람들이 인정하기 싫지만

'코로나 괴물'이 땅 나라의 지배자가 된 거예요.

코로나 괴물 이야기는
시조청장인 해마루 사부가
시조 공부 틈틈이
단단에게 들려준 적이 있거든요.
왜냐하면 왕자가
하늘나라에서 왜 시조를 배워야 하는지,
시조술을 왜 열심히 수련해야 하는지를
분명히 알아야 했으니까요.

십 점 만점에 십 점을 받아
시조 시험에 완전 통과한 날
하느님이 왕자에게
금빛 단소를 주며 말했어요.

"하늘 노래를 가져가서
땅 나라 사람들에게 널리 전하라."

지구 마을에 냉큼

시조 노래가
강물처럼 흐르게 하라는 말씀.

단단 왕자는 하늘 단소를 받으며
싱글벙글 웃음이 떠나지 않아요.

새 아침이 밝았어요.
단단이 검정 커튼을 젖히니
햇빛이 짹짹짹짹짹
참새 소리를 내며 쏟아져 내려요.
인간 세상의 즐거움이
무궁화 꽃잎 위에 활짝 피었어요.
단단이 소원을 이루었네요.
왕자가 땅 세상에 내려왔어요.
하늘 노래를 가지고 왔지요.

왕자는 지금 기분이 무척 좋아요.
눈길 가는 곳마다
발길 닿는 곳마다
푸른 숲,

맑은 바람,
깨끗한 물,
예쁜 꽃들이
왕자를 기쁘게 했어요.

하하하 보세요.
저기 왕자가 오네요.
가벼운 발걸음이에요.
길가 풍경이 줄레줄레 따라와요.
멀리서 신비로운 새소리가
'비비비리리릿쭝' 하고 들려올 뿐
사방이 고요해요.

단단 앞에 반기듯이
길이 끝없이 펼쳐져요.
길은 또 다른 길을 물고
산새처럼 종종거리며 나타나요.
단단이 흙길을 빠져나와
어둑한 숲길에 막 들어섰어요.
한 줄기 기분 나쁜 바람이

코끝을 때립니다.

'휘리리리리리리리리리리리리릭'

왕자는 눈살을 찌푸렸어요.
그런데 그 순간
숲속에서 무언가 시커먼 게 불쑥 나타나요.

"크크크 팅궈 팅궈 팅그르르낑낑~크크크 카카"

기괴한 소리가 뼛속을 파고들어요.
이윽고 눈앞을 가로막는 높다란 건물.
아니 아니, 건물이 아니라 괴물.
꿈에도 본 적 없는
괴상망측한 괴물이 나타났어요.

시커멓고 커다란 몸뚱이에
머리가 두 개 달렸습니다.
닭 머리와 돼지머리.
괴물은 '쿠르릉 쿠르릉'

쉴 새 없이 두 다리를 전후좌우로 놀려요.

놀랍게도 괴물은 다리 전체가

수십 개의 칼날로 둘러싸여 있어요.

저기에 걸리면 무엇이나 토막이 나겠는걸요.

고슴도치같이 뾰족뾰족한 가시 등에는

큼직한 세모 비늘이 검푸르죽죽하게 덮여 있어요.

"크크크 틩궈 틩궈 틩그르르끽끽~크크크 카카"

왕자는 예의상 놀라는 척해줍니다.

'아유 깜짝이야!'

그러나 그뿐이에요.

그는 침착한 표정으로 괴물을 보고 있어요.

멋진 모습을 시샘하는 듯이 단단이 묻습니다.

"그대가 그 유명한 코로나 괴물이오?

명성은 많이 들었는데, 막상 만나 보니 참 재미있게 생

겼군. 완전 나의 우상이야. ㅋㅋ."

왕자는 웃음기를 머금고
괴물의 눈치를 빠르게 살폈어요.
괴물은 잠시 뜨악한 표정을 짓더니
이내 천둥 같은 소리를 내뱉습니다.

"크크크 퉝궈 퉝궈 퉝그르르끽끽~크크크 카카
애송이가 제법 웃기는구나.
나는 세상의 생기를 다 잡아먹지. 크크크 케로로."

이 괴물이 코로나 괴물이 틀림없겠군요.
괴물이 생명과 건강, 시와 노래와 놀이를 집어삼킬 때
마다
몸뚱이에 검정빛이 자꾸 진해진다는데요.
아마 나중에는 괴물 자체가
어둠의 검정빛과 똑같이 되겠군요.

단단은 괴물을 보자마자
공포에 질린 비명은커녕
도리어 웃음이 먼저 터져 나왔어요.
왜냐하면 단단은 괴물을 잘 알고 있잖아요?

하늘나라에서 괴물 퇴치법을 익히고
일부러 그를 찾아온 거거든요.
왕자가 지난 100일 동안을
몸을 칼날 삼아 정신을 단련하고
시조 수련을 거듭했잖아요.

"하하하 코로나 괴물아, 잘 만났다.
정말 웃기게 생겼구나."

괴물은 기분이 나쁜지 음흉하고 사나운 네 개의 눈알
을 부라리며 왕자를 쏘아봅니다.

"케로로로, 쿠크크. 조그만 녀석이 맹랑하구나."

"넌 웬 놈인데 이곳에 나타났느냐?"

"긴말 필요 없다. 나는 지금 몹시 배가 고프다. 너
라도 잡아먹어야겠다.
크크크 퉁퀴 퉁퀴 퉁그르르끽끽~크크크 카카"

단단은 허리춤 단소를 곁눈질로 재빨리 확인했어요.

"이놈 괴물아, 너는 왜 생명들을 마구 잡아먹는 거냐?"

쌍두 괴물은 대답이 없어요.
눈빛에서 포악한 살기가 뿜어져요.

왕자를 노려보며
독사 혓바닥 같은 독 줄을 발사하려고 해요.
독 줄로 꽁꽁 묶어서
왕자를 잡아먹으려는 거겠죠?
일촉즉발, 위기가 찾아왔어요.
놀란 단단이 다급하게 외칩니다.

"괴물아, 잠깐 내 말을 들어라."

괴물이 멈칫해요.

"나에게는 이 세상 누구에게도 없는 아름다운 노래가
있다.

시조라는 것인데 하늘나라에서 즐기는 멋진 노래다."

시조라는 말에 괴물은 흉악하고 커다란 두 개의 입을
먹성 좋게 다집니다.
코로나 괴물이 콧김을 컥컥 뿜으며
돼지주둥이처럼 생기고
닭 부리 같이 생긴
시커멓고 뾰족한 두 입술을 마구 벌렁 딱딱거려요.

"크흐흡, 쿠쿠쿠. 그래 그것이 어디 있단 말이냐?
빨리 내놓아라.
크크크 팅궈 팅궈 팅그르르끽끽~크크크 카카"

'옳다구나, 왔구나 왔어.'

단단이 제 꾀를 내놓을 차례에요.

"하하하. 죽고 사는 것은 하늘의 뜻인데 어쩌겠나?
다만 내가 죽기 전에 시조 노래를 한번 불러보고 싶
구나.

코로나 괴물아, 그대에게 노래 시합을 감히 청한다."

단단의 엉뚱한 제안이 떨어지자
괴물이 거대한 칼날 다리통을 쿵쾅쿵쾅 들었다 놓았다
반복해요.
눈앞의 단단이 가소롭다는 뜻이겠지요?
지금 괴물의 뱃속에는 셀 수 없이 많은
시와 노래와 놀이와 생명들이 가득 들어있을 거예요.

"맹랑한 놈, 곧 죽을 놈이 말이 많구나. 냉큼 목숨
을 내어놓아라.
크크크 퉁퀴 퉁퀴 퉁그르르끽끽~크크크 카카"

단단이 한 걸음 앞으로 쓰윽 나서며 말을 꺼냅니다.

"지금 내가 가져온 하늘 노래가 수천 편에 이른다.
이 아름다운 시조를 지구별에 한 번도 선보이지 못하
고 생을 마감할 수야 없지.
하하하 코로나, 이 괴물아! 너야말로 오늘이 제삿날
이다.

덤벼라, 못생긴 놈아. 자신 있으면 한번 붙어보자고.
하하하하하."

단단이 의기양양 웃어 재껴요.
괴물은 어리둥절할 수밖에요.
이럴 수가 없다는 거죠.
'저게 무얼 믿고 저러나?' 하는 표정이에요.
괴물은 못생긴 얼굴을 더욱 잔뜩 찌푸립니다.

단단이 속으로 박수를 쳐요.
괴물이 단단의 꼬임에 걸려든 거죠.
미끼는 던져졌고 입질까지 했으니, 고기만 낚으면 돼요.
왕자는 유쾌한 웃음을
표창처럼 힘차게 내던졌어요.

"하하하하하 하하하하하"

웃음을 터뜨리면서
왕자는 왼 허리춤에서 금빛 단소를 날쌔게 뽑아요.
서슬에 맑고 깨끗한 노래가 흘러나와요.

시조 노래 한 점이
단소 끝에서 몽글거리며 피어납니다.

목련꽃 떨어져 길 위에 다시 피네
별 같은 눈물방울이 두 눈에 눈부셔라
해마다 가슴 가슴에 목련꽃 피고 지네

맑고 깨끗한 소리가
밀고 당기고 팽팽해요.
그런데 이상해요.
쌍두 괴물 쪽이 아무 소리가 없어요.
퍽이나 조용한데요.
괴물의 가만한 몸짓에서
춤사위가 얼핏 엿보여요.
얼렐레, 꼴에 어울리지 않게
괴물이 황홀한 표정을 짓고 있군요.

'시조 노래에 반한 걸까요?'

눈치가 그래요.

험악한 상은 나 몰라라 하고

괴물이 눈을 질끈 감고 있어요.

시조에 매혹된 분위기가 보여요.

목련꽃 떨어져 길 위에 다시 피네

별 같은 눈물방울이 두 눈에 눈부셔라

해마다 가슴 가슴에 목련꽃 피고 지네

운율을 타고 시조 노래가 다시 우쭐대요.

노랫가락이 괴물의 우툴두툴한 피부에 사부자기 내려

앉아요.

코로나 괴물의 시커먼 몸뚱이에서 천천히 빛이 피어나

네요.

시조의 맛을 음미하는 듯

괴물이 네 개의 눈을 번갈아 껌벅입니다.

단단이 싱긋 눈웃음을 치네요.

'후훗, 시조의 매력이 이 정도구나.'

하늘 노래가 끝이 났어요.
괴물이 눈을 부채꼴로 활짝 펴며 말을 붙입니다.

"거 재미가 있구나. 이런 게 네놈한테 얼마나 있
지? '시조'라고 했나?"

"한도 끝도 없어. 많지. 무진장이야."

"이건 먹어 치우기가 아깝구나. 나도 시조를 즐기
고 싶어. 나에게 시조를 가르쳐다오.
크크크 퉁퀑 퉁퀑 퉁그르르끽끽~크크크 카카"

'쳇, 웃음소리는 여전하구나. 불길해. 듣기 싫어.'

단단은 고개를 끄덕였어요.
미소로 답하며 단소를 매만져요.
노래 시가 새로이 흘러나옵니다.

빗길에 송이송이 꽃구름 놀러왔네
물방울 구슬마다 청룡이 꿈틀꿈틀
어영차 구름 마차 타고서 용왕님 승천하시네

괴물은 황홀한 표정을 지어요.
감동한 듯 코를 벌름거려요.

'아니, 지구에 이런 노래가 있다니!'

주변의 공기가 차츰 향기로 채워지고 있어요.
괴물은 달곰삼삼 기분이 좋아지나 봐요.
맘에 드는지 이 노래를 읊조리며 따라 합니다.

"크크크 튕궈 튕궈 튕그르르낌낌~크크크 카카"

빗길에 송이송이 꽃구름 놀러왔네
물방울 구슬마다 청룡이 꿈틀꿈틀
어영차 구름 마차 타고서 용왕님 승천하시네

"크크크 튕궈 튕궈 튕그르르끽끽~크크크 카카"

괴물이 사뭇 노래에 빠져들었어요.
천천히 그러나 또렷이
코로나 괴물은 제 몸뚱이의 무장을 풀고 있어요.
시조의 끌림에 빠져드나 봐요.
악독한 기운이 몸에서 차차 지워지고 있어요.
우툴두툴한 가시 피부가 반들반들 윤이 나게 바뀌었
어요.
몸짓을 보니 여차하면 이 괴물한테서 즉석 콧노래가
튀어나올 지경입니다.

'노래가 이렇게 즐겁다니' 하는 몸 시늉을 보이네요.
시와 노래와 놀이를 먹는 것으로만 알던 괴물의 생각
이 쨍하고 금이 갔나 봐요.
괴물은 가슴을 열고 시조의 바다에 몸을 맡깁니다.
쌍두 괴물이 하늘을 날 것 같은 표정을 짓고 있어요.
그의 나른한 몸동작에 구름 위를 둥둥 떠가는 기분이
아롱대네요.

빗길에 송이송이 꽃구름 놀러왔네
물방울 구슬마다 청룡이 꿈틀꿈틀
어영차 구름 마차 타고서 용왕님 승천하시네

단단은 시조의 위력을 눈앞에서 똑똑히 보고 있어요.
그 흉측한 괴물이 순한 강아지와 같은 몸짓을 하다
니...

'이게 무슨 조화람.'

보고도 믿지 못할 광경이에요.
괴물이 시조의 매력에 풍덩 빠졌어요.
하늘 노래의 포로가 되었어요.
왕자는 놀란 입을 다물지 못해요.
얼마 후 단단이 꿈속처럼 중얼거립니다.

'아하, 이래서 하늘나라가 시조 공부를 열심히 하라고
했구나.'

바람이 화가로구나 물결치는 나무들

이것은 한 줄에 끝나는,

아주 짧은 시조, 한시조입니다.

한시조는 한 줄짜리 시조에요.

시조 모양새(한 줄이니까)가 화살 같다고 해서

'화살시조'라는 별명을 갖고 있어요.

그래서 잘 보면 진짜 화살 같아요.

뾰족한 화살촉에 해당하는 첫 마디는 반드시 3자 낱말

을 써요.

(위 노래에서 '바람이'가 화살촉임)

이것은 시조가 태어날 때부터 그랬어요.

시조 운율은 하늘 겨레의

숨결이고 맥박이고 몸짓이에요.

언제나 어디서나 시조 노래를 부르며

하늘나라를 잊지 말라는 거예요.

〈3의 나라〉를 기억하라는 거죠.

바람이 화가로구나 물결치는 나무들

한시조에 괴물이 거대한 몸을 내맡겨요.
그런데 어느 순간, 갑자기 부들부들 떠네요.
단소 끝에서 빛살이 쏟아져요.
괴물의 몸뚱이를 향하여
무수한 화살이 날아가요.
수없이 많은 화살입니다.
빛 화살이죠.
눈부신 햇살이에요.

'시와 노래와 놀이를 마구 잡아먹은 괴물에게 죗값을 물으리라.
생명을 해치고 인정을 앗아가 버린 죄를 물으리라.'

단소 끝에서 거푸 빛살이 쏟아져요
괴물은 단말마(숨이 끊어지기 직전의 고통)의 비명을 지르며
빛 화살 너울 속에서 처절히 꿈틀거려요.

"캬캬크 튕궈 튕궈 튕그르르끽끽~튕그르르끽끽크
크크 크르르~튕궈 튕궈 카카크크극"

왕자는 금빛 단소를 다시 한번 힘껏 뿌립니다.

"단단 청!"

이번에는 단소 끝에서 벽력같은 소리와 함께 강한 물
줄기가 괴물을 향해 뻗어갑니다.
사나운 물발이 비룡처럼 튀어나와요.

"크캐캑 캬캬크 튕궈 튕궈 튕그르르끽끽~튕그르
르끽끽 크크크 크크르 튕궈 튕궈 카카크크극"

비룡은 괴물을 순식간에 집어삼켰어요.
세찬 폭풍우가 몰아치는 순간이 지나갔어요.
단소에서 튀어나온 청룡이 지나간 자리가 깨끗합니다.
바윗돌 몇 개가 썩은 통나무처럼 눈앞에 쓰러져 있어요.

"하하하하하 하하하하하"

단단의 통쾌한 웃음소리가 바람에 실려 날아갑니다.
괴물은 그림자조차 보이지 않아요.
숲은 괴물과 함께 사라지고
지금 눈앞에는 물에 젖은,
작은 쥐 한 마리가 있어요.

'설마 저것이 아까 그 괴물은 아니겠지?'

괴물을 단박에 물리친
왕자는 기분이 한껏 좋아졌어요.
그래 자기도 모르게
만세 구호를 외치고 말았는데요.

"만세~ 시조 만세~ 하늘나라 만세!"

소리가 너무 컸을까요?
만세 삼창이 너무 요란했을까요?
그 소리가 단단을 깨웠어요.
사실은 자기 소리에 자기가 놀란 거죠.
왕자가 달콤한 꿈에서 깨어났어요.

'아아아, 이럴 수가! 꿈이었다고요.
하느님 맙소사!
지금껏 일들이 몽땅 꿈이라니요?
단소를 갖고서 땅 나라에 내려오고
방금 괴물을 물리친 것까지
이 모든 게 꿈속의 연극이었다니요?'

단단이 깜짝 놀라 탄식을 하네요.
안절부절못하며 왕자가 눈물을 흘립니다.

그러나 그러나
눈물방울 속에
왕자의 꿈이 얼비치네요.

'땅 나라에 가겠다는 꿈.
시조 노래를 전하겠다는 꿈'

단단의 속마음이 고스란해요.
하늘나라에 첫 꿈이 생겼어요.
이후로 하늘왕자는

땅을 더 자주 내려다보아요.
한 손으로 턱을 괴고
몸을 활처럼 구부려서
'나는 언제쯤 저곳에 가 보나?'
하는 한 생각에 골똘했어요.

그러거나 말거나
하느님은 단단을
땅 나라에 안 보내줘요.
그곳은 위험하다며
이 핑계 저 핑계를 붙이면서 말이죠.

아아 어떡하죠?
인간 세상에 가고 싶어서
왕자가 끙끙 앓아요.
병이 났어요.
상사병이 났어요.
뭐니 뭐니 해도
소녀가 보고 싶어서 그래요.

'이름이 뭘까?

어디에 살지?

나이는 몇 살일까?'

지금 다른 것은 다 그만두고서

왕자가 그래도 시조 공부는 열심히 하고 있어요.

왜냐하면 땅 나라에 갈 수 있는 건

시조에 매달리는 것 말고는 방법이 없으니까요.

소녀는 멀리 있어 그리움에 타고

나는 또 갈 수 없어 속 타고 애타고

까맣게 태운 가슴을 언제쯤 맞춰 볼까

이크크 이게 뭔가요?

기적이 일어났어요.

어느 날 글쎄, 왕자가

인간 세상에 정말로 내려왔지 뭐예요.

저기 하늘왕자가 보이죠?

지금 이곳이 땅 나라가 맞거든요.
꿈속 세상이 아니에요.
지상에 다녀와도 좋다는
하느님의 허락이 떨어졌다는데요.

혹시나 하느님 마음이 바뀔세라
왕자는 조마조마
구름 자동차를 타고
땅 나라로 씽하니 내려왔는데요.
차 이름은 '그리메'.
'그림자'라는 뜻이죠.
구름 자동차 '그리메'는
인간 세상에서 왕자를
그림자처럼 따라다닐 거예요.

하하하 지금 하늘왕자가
기분이 무척 좋은가 봐요.
싱글벙글 웃음꽃밭에 묻혀 있네요.
꿈이 이루어졌으니 좋기도 하겠죠.
의기양양 콧노래가 들려요.

왕자의 들뜬 맘이 햇살 속에 환해요.

그때 하늘에서 하느님의 잔소리가
실바람을 타고 흘러오네요.

"땅 사람들과 가까이 지내고
땅 사람들을 잘 대하여라.
그러나 그 사람들과 사귀거나
그 사람들을 좋아해서는 결코 안 된다.
단단아, 너는 하늘나라의 왕자임을 명심해라."

아닌 게 아니라
땅 나라는 위험이 가득해요.
무서운 곳이 틀림없어요.
그래 하느님은 왕자 모르게
호위무사를 딸려 보냈죠.
괴물을 물리치는 한편
단단을 보호하려고 말이에요.
아들 사랑이 유난한 하느님이
누구도 모르게 그렇게 한 거예요.

그런데 호위무사가 누굴까요?
왕자는 그를 알고 있기나 할까요?

하늘나라의 국기는 '삼태극기'예요.

"빨강, 파랑, 노랑"

이것이 삼 태극이지요.
삼 태극(삼색)에서
빨강은 초, 장군이에요.
파랑은 중, 장군이에요.
노랑은 종, 장군이에요.

초장군은 줄여서 '초장'이라고 해요.
중장군은 줄여서 '중장'이라고 해요
종장군은 줄여서 '종장'이라고 해요.
초장, 중장, 종장,
이렇게 셋이 모여야
하나의 시조가 돼요.
3장군이 합체하여

시조로 변신하는 거죠.

그러니까 시조가 곧 '삼장 시조'예요.

시조는 3의 노래, 하늘 노래이니까요.

후후후 이제 알겠죠?

단소가 바로 호위무사예요.

단단의 허리춤에

금빛 단소가 하나 매달려 있어요.

삼 태극이 알록달록 그려진 단소.

단소는 시조의 집이죠.

하늘 노래가 이곳에 가득해요.

지상에 내려온 왕자는

금세 땅에 익숙해졌어요.

하늘에서 자주 내려다봐서 그럴까요?

지상에 온 지 사흘째,

그런데 오늘은 단단이 유난해요.

왕자의 얼굴에서

미소가 안 보여요.

왜 저럴까요?

땅 나라에 왔다고 좋아라고 했는데
오늘은 왜 낯빛이 어두운 거죠?

아아 알겠어요.
하늘왕자가 그 소녀를 찾고 있군요.
단단은 지금
소녀를 찾는 게 가장 급해요.
왜냐하면 하늘 노래(시조)를 소녀에게
가장 먼저 전하고 싶어서 그래요.
시조 노래를 그 아이에게
가장 먼저 들려주고 싶은 거죠.

왕자의 마음을 아는지
구름 자동차 '그리메'가
눈에 번쩍 불을 켰어요.
해가 열 개나 뜬 것 같아요.
세상이 백배 천배 환해졌어요.
소녀를 금방 찾을 것 같아요.
먼 산의 풀들이
현미경 속처럼 똑똑해졌어요.

발밑을 기어가는 개미가
큼지막한 황소로 보여요.

단단 왕자 나가신다
시조야 길을 열어라

얄라송 얄라송
얄라 얄라 얄라송

땅에는 봄이 한창이에요.
꽃 잔치가 요란합니다.
사방 꽃들이
그리메를 보고 손을 흔들어요.
활짝 웃어요.
반갑다고 인사를 하네요.
그러나 왕자는 꽃을 안 봐요.
미소 짓지도 않아요.

'왜 저럴까요?'

아마도 단단은 지금
소녀를 찾을 생각뿐이겠죠?

그런데 바로 그때
저만치 앞에서
어떤 아이가 와요.
춤추듯이 오는데
햇빛이 그쪽에 유독 눈부셔요.
빛이란 빛이 그리로 다 쏟아져요.
겹겹의 햇빛이 파도쳐요.
아이와 빛이 한데 섞여
눈부신 꽃다발이 되었어요.

'꽃 잔치 너울너울
빛 잔치 여울여울'

꽃들이 춤을 추는 거예요.
천상의 해가 지상에서 노닐고 있어요.

예쁜 해가 소녀를 안고 춤을 춰요.
예쁜 소녀가 해를 안고 춤을 춰요.
햇살이 줄줄이
하늘왕자의 눈앞으로
색 구슬처럼 굴러 내려요.
단단의 가슴 속으로 뛰어들어요.

'사람이야, 나비야?'

에고고, 구별이 안 돼요.
왕자의 두 눈 속으로
나비가 날갯짓하며
팔랑팔랑 자꾸 뛰어들어요.
소녀의 몸짓이
나비 같기도 하고
사람 같기도 한데…

'저게 누굴까?
혹시 그 소녀가 아닐까?'

어느 순간에 왕자는
설핏 그 생각이 들었어요.
빛다발에 눈길을 더 단단히 꽂았죠.

그때 하늘왕자에게
'아이쿵' 하는 강렬한 느낌이 왔어요.
첫 만남 때의 떨림과 설렘이
벼락처럼 또 찾아온 거예요.
아아 그 소녀가 틀림없을 듯해요.

'콩콩콩~두근두근
발딱발딱~콩콩콩'

단단의 맥박이 빠르게 뛰어요.
심장 박동이 마구 빨라져요.
10미터 왕복 달리기를 하는 것 같아요.
왕자는 호흡이 턱턱 막히고
머리가 빙글빙글 막 어지러워요.

'왜 이러지?

내가 왜 이러지?'

이런 사정도 모르고
빛 너울이 가까이 밀려와요.
춤추며 하롱하롱
왕자에게 밀물처럼 다가와요.
봄바람 속 향기를 품고
빛줄기가 눈앞에서 흐르고 있어요.
환해요.
눈부셔요.
사람은 안 보이고 빛이 가득해요.
찬란한 빛 천지에요.
왕자 눈앞에 부신 세상이 펼쳐졌어요.
하늘보다 더 환한 빛 세상이 찾아왔어요.

'아아, 그 소녀가 틀림없어.'

일순 깨닫고 나자
단단의 가슴이
감당 못하게 더 더

쿵쾅쿵쾅 빠르게 뛰는 거예요.

왜 그런지 몰라요.

입안이 자꾸 말라가고

눈앞은 내처 부시고

가슴은 벌렁거리고

두 다리는 마구 떨리고

공연히 속 타고 애타고…

왕자는 가만히 두 눈을 감고 말았죠.

아득히 속이 끓네 까맣게 속이 타네

존득존득 면을 삶아 검은 요리 만들어

애타고 속 끓는 마음을 녹여볼까 하노라

여기는 빛의 나라 한[Han].

땅에서 햇빛이 가장 아름다운 곳이지요.

지구 위 조그만 동쪽 나라입니다.

한[Han]에서 그 소녀와 딱 마주친 거예요.

하늘왕자가 참

그렇게 좋아할 수가 없어요.
하늘나라에서는 좀체
못 보던 표정과 몸짓을 짓네요.

'후훗, 까딱하면 왕자의 몸이
하늘로 곧장 솟구치겠는 걸요.'

단단이 좋아서 어쩔 줄을 몰라 해요.
얼마 전 하늘 궁전에서 맞은
열 번째 제 생일날보다
더 좋아하는 거예요.
하긴 좋기도 하겠지요.
매일 꿈에나 만나던 소녀를
눈앞에서 직접 대하니
그 얼마나 좋겠어요?
상사병이 단박에 나았을 테죠.
그러나 잠깐 그뿐이에요.
왕자는 고개를 숙이고
단소 끝을 만지작거려요.
소녀 쪽을 보지 않아요.

빛 부심에 더는 그 아이를
마주할 수가 없나 봐요.

가까이 다가온 소녀가
왕자를 보고 빙그레 웃어요.
왜냐하면 마주한
단단이 재미있어서 그래요.
왕자의 모자!
이게 아주 특별해요.
소녀의 호기심 어린 눈길이
지금 여기에 머물렀어요.

소년은 산(山)자 모자를 쓰고 있어요.
금빛 산(山)자 모자.
이것은 하늘왕자가 쓰는 거예요.
황금 모자는
하느님 아들이라는 표시죠.
태양의 아들이라는 뜻이에요.

이 모자를 자세히 보면

금빛 산(山)자에 세 꼭지가 있는데

왕자의 머리카락 올올이

안테나선처럼 위로 나란히 뻗어 있어요.

마치 세 갈래 길처럼 말이에요.

이 세 가닥 안테나는

하늘나라와 교신을 주고받는 장치예요.

하느님과 왕자는

이걸로 대화를 나눈답니다.

그래 하늘과 땅은 쉼 없이 교신이 오가지요.

'뛰또뛰또 뛰뛰또 뛰뛰또~~'

소녀는 웃음 띤 얼굴로

왕자 가까이 더 바싹 다가와요.

사방 꽃들이 웃고 있어요.

잘못 보았을까요?

쑥스러워하는 왕자를 대신해서

황금 모자가 살그니 미소를 보냈어요.

빛다발 소녀가 왕자의

그림자 안쪽으로 슬쩍 들어섰어요.
그때 소녀는 뭐랄까요,
마치 빛 바다를 헤엄치는
인어 공주 같았는데요.
다가선 소녀가 왕자에게
대뜸 말 구슬을 건넵니다.

"얘, 넌 누구니?
어디서 왔니?
나는 영영이라고 해."

맑은 목소리가 계곡물처럼 흘렀어요.
단단은 여전히 얼굴을 붉히고 있네요.
평소의 씩씩한 모습은
온데간데없어졌어요.
하하하 웃기는 일이 아닐 수 없어요.
왕자 동무들이
하늘나라에서 이 광경을 본다면
모두들 깜짝 놀랄 거예요.
부끄럼 타는 단단이 신기해서 말이지요.

'영영'

왕자는 소녀의 이름을
속으로 자꾸 되뇌어 봐요.

'영영, 영영!
이름이 참 예쁘네. 영영.'

단단의 입안에서 영영은
달콤한 사탕이 되었어요.

영영이 이마 가까이에서
대답을 재촉하고 있어요.
회초리를 맞은 사람처럼
단단이 화들짝 깨어났어요.
황금 모자 주인이 정신을 딱 차린 거지요.
왕자는 오른손으로 하늘을 가리켰어요.

"하늘에서 왔어.
나는 하늘왕자야."

단단의 손짓이 그렇게 말했지요.
그러자 소녀의 커다란 두 눈이
휘둥그레지며 더욱 커졌어요.
샘터 찬물 같은 눈을 반짝이며
영영이 왕자에게 다시 물어봅니다.

"저기, 어디?"

" ······· "

"하늘에서 왔단 말이야?"

" ······· "

"정말 하늘나라에서 온 거야?"

단단은 말없이 고개를 끄덕였어요.

"너를 만나러 왔어."

이 말을 하고 싶은 걸
가까스로 참았어요.
대신에 이렇게 말하고 말았죠.

"코로나 괴물 때문에 왔어.
하느님이 괴물을 물리치랬어."

왕자가 허리춤에 얌전한
단소를 가리키며 말했어요.

"나 혼자 온 게 아니야.
여기, 하늘나라 3장군과 같이 왔어."

영영이 놀란 눈으로 봐요.
단단의 손에 어느새
금빛 단소가 들려 있네요.
색깔이 알록달록
영롱한 빛이 나요.
빨강, 파랑, 노랑,
삼색 무늬가 참 예뻐요.

깜짝 놀랐어요, 영영은.
왜냐하면 소녀는 여태까지
삼 태극을 본 적이 없었거든요.
'빨강, 파랑'의 2태극은 봤어도
'빨강, 파랑, 노랑'의 3태극은 오늘 처음 보는 거예요.

사실을 말하면 땅 나라에서는
삼 태극 문양을 누구도 본 적이 없어요.
하기야 시조를 알지 못하고서야
삼 태극을 볼 수가 없는 노릇이긴 해요.

있을 곳에 있으면 모두가 꽃이라도
없을 곳에 있으면 꽃이라도 꽃 아니지
사람아 제 자리 찾아 모두 꽃이 되기를

영영이 지금 단단에게
괴물을 자세히 알려주고 있어요.
괴물과 당장 싸우려면

괴물을 잘 알아야 하니까요.
영영의 두 입술 사이로
피아노 소리가 들려요.
그녀의 말소리가 음악 소리 같아요.
귀 쫑긋 세우고 우리도 같이 들어볼까요?

"괴물이 있거든.
머리가 두 개 달렸어.
그래서 쌍두 괴물인데,
한쪽은 닭 머리고
다른 쪽은 돼지머리야.
몸은 사람처럼 생겼어.
이게 '코로나 괴물'이야.
사람들이 이름을 그렇게 지었지.
이 괴물이 코로나 병을 전염시키거든.

나는 코로나 괴물을 본 적이 없어.
어른들의 말에 따르면,
사람들이 오랫동안
돼지와 닭을 길러오면서

가축과 사람이
한 식구처럼 살아왔었지.

그런데 오늘날은
사람들의 돈 욕심 때문에
돼지와 닭이 생명은커녕
돈벌이 상품처럼 공장에서 생산되거든.
가축이 혹시 전염병에 걸릴라치면
수백만 마리를 한꺼번에
아주 잔혹하게 살처분하기도 했어.
그래 이 쌍두 괴물이 생긴 거래.
인간에게 복수하려고 말이야.
'코로나'라는 무서운 병을 가지고 지구에 나타났다는
거지."

'저런, 그랬었구나.'

왕자가 영영의 눈을 보며 중얼거렸어요.

"닭과 돼지와 소가

비좁은 닭장과 우리에서
부리와 뿔과 발톱이 잘리고
질 나쁜 사료를 먹고
심지어 동료의 바스러진 사체까지 먹거든.
공장에서 똑같은 물건이
틀에 찍혀 나오는 것처럼
가축들이 판매용 상품으로 사육되는 거지.

그러니까 닭과 돼지 같은 가축이
생명이 아니고 포장 상품인 거야.
살과 뼈와 껍질과 내장과 알을
사람들에게 강제로 빼앗기고
참혹하게 죽은 돼지와 닭이
혼령끼리 합체하여 괴물이 된 거래.
이게 쌍두 괴물이거든.
코로나 괴물 말이야.

이상한 것은
이 괴물이 돈을 또 무척 좋아해.
참 웃기지?

괴물이 돈을 좋아하다니 말이야.
돈을 미치도록 좋아하는
인간들에게 복수하려고 그런대.
이해가 가지 않는 것도 아니야.
사람들이 돈 욕심 때문에
숱한 생명들을 괴롭히고 함부로 죽인다면서
그러니까 돈이라면 괴물이 숫제 치를 떠는 거야.

생명에 대한 기본 예의를 잊고
지구 살림을 마구 파괴하는
인간들에게 코로나 괴물이 글쎄 복수한대.
끝 간 데를 모르는
인간의 돈 욕심 때문에
자본 문명의 난폭함 때문에
자기 같은 동물과 가축들에게
참혹한 비극이 닥쳤다고 보는 거지."

'아아 그랬구나.'

왕자는 짧은 신음을 뱉었어요.

단단 왕자는
영의 이야기에 푹 빠졌어요.
영영의 괴물 이야기가
단단의 가슴 속을
날카롭게 후벼 팠어요.
하늘나라에서는 들어보지 못한 이야기거든요.
100일 동안 시조 공부를 할 때도
해마루 사부가 괴물 이야기를
이토록 자세히는 말해주지 않았단 말이죠.
영영의 얘기가 이어질수록

'아하 그랬었구나.'

왕자의 속눈썹이 가늘게 떨렸어요.
어쨌든 사람과 동물들 사이에
무서우면서도 슬픈 일이 일어난 거잖아요.

영영이 말꼬리를 이어갑니다.
단단 왕자가
눈을 총명하게 뜨고

고개를 끄덕여요.
영영의 초롱초롱한 목소리에
하늘왕자가 사뭇 또 빠져들어요.
영영의 말소리가 다시
은하수 구슬처럼 쏟아집니다.

"우리는 코로나 괴물 때문에
나가 놀지도 못하고
집에 갇혀서 지내.
심심하고 따분해.
그런데도 어른들은 말하지.
차라리 잘 됐다면서
우리 보고 공부만 열심히 하래."

'그놈의 공부가 뭔지, 쯧쯧쯧.
땅 나라 아이들이 참 고생이 많구나.'

하늘왕자가 끌끌 혀를 찼어요.

"그런데 이상한 게 또 있어.

이 괴물은 덩치가 자꾸자꾸 커진대.

무엇을 잡아먹은 그만큼 커진다는 거지.

지금은 코로나 괴물이 얼마나 커졌는지 모르겠어.

요즘 들어 이 괴물을 본 사람이 아무도 없대.

왜냐하면 말이야,

코로나 괴물과 접촉한 사람은 다 죽거든.

그러니까 지구 세상이 지금은 지옥이야.

아무도 밖에 나가지를 못해.

모두들 집에 갇혀서 죽은 듯이 지내고 있지.

인간들이 코로나의 힘에 눌려

되레 가축이 되고 만 꼴이지 뭐야.

사람들에게 '코로나'는 지금 곧 죽음이거든."

아주 잠깐이었지만

단단의 눈빛이 살짝 흔들렸어요.

"그런데 이 쌍두 괴물이

무얼 먹고 사느냐 하면,

시와 노래와 놀이가

이 괴물의 주된 식량이야.

그리고는

괴상하고 야릇한

자기 노래를 사람들에게 강요해.

그런데 들어보면

이건 노래가 아니야.

비명 소리지.

닭 울음, 돼지 울음이야.

가축들이 도살장에 끌려가면서

내지르는 비명 소리야.

"크크크 튕궈 튕궈 튕그르르끽끽~크크크 카카"

이런 소리야.

이걸 한참 들으면 정신이 멍해져.

자주 들으면 아주 미칠 지경이 돼.

사람들에게 당한 것을

동물들이 복수하려고

괴물이 되어 돌아왔다는 거지."

영영이 예쁜 목소리로

말 구슬을 연달아 꿰고 있어요.
영영의 자세한 속 이야기에
하늘왕자가 많이 놀라워합니다.

"시간이 가면서 사람들이
차츰차츰 야위어갔어.
생기가 빠지고
흥이 사라지고
가슴이 메말라갔지.
시와 노래와 놀이를 잃어버리니
가슴이 텅 비어버린 거야.
우리 아이들도 언제부턴가
밖에 나가 놀지를 않아.
혼자 놀면서 동무들을 다 잃었어.
코로나 괴물 때문에 그래.
놀아도 혼자 놀거든.
동무들과 같이 어울리면 안 돼.
휴대폰과 컴퓨터를 가지고 혼자 놀아.

그래 언제부턴가 지상에 웃음이 사라졌어.

재미가 사라졌어.
같이 노는 게 사라졌어.
괴물이 자장가와 동요마저 앗아갔지.
동심이 사라지고
인정이 사라지고
어깨동무가 사라지고
함께하는 즐거움이 사라졌어.
아름다운 빛의 나라 한[Han]이
어둠 속 커다란 무덤이 되어 버렸지."

왕자의 가슴은
불에 덴 듯 했어요.
가축을 동정하는 마음 한편에
땅 사람들이 가엾어지면서
괴물에 대한 분노가
산처럼 높이 솟구치는 거예요.
그러나 참아야 하겠죠?
왜냐하면 코로나 괴물을 물리칠 수 있는 건
오직 시조뿐이라고 했잖아요.

'땅 나라 사람들에게 하루바삐 시조를 전해줘야 해.
영에게 시조의 모든 것을 빨리 주고 싶어.'

단단은 지금 이 생각뿐입니다.
영영이 시조를 전해 받는
최초의 땅 사람이 되었으면 해요.
지금 인간 세상이
많이 위험하거든요.
쌍두 괴물이 사람들을 괴롭혀요.
시와 노래와 놀이를 다 앗아가고
돈도 다 빼앗아가고 말이에요.
건강과 생명까지도 앗아가지요.
코로나가 진심 무서우니까
사람들이 꼼짝을 못해요.
그저 당할 수밖에요.

'아아 지옥 같은 지구를 살리려면
주옥 같은 하늘 노래가 꼭 있어야 해요.'

이야기 차례가 살그니 왕자에게 넘어갔어요.

왕자가 시조 노래를
영영에게 들려주는데요.
오롱조롱 아롱다롱
재미나게 들려줘요.
왕자의 쾌활한 말소리가
샘물처럼 퐁퐁퐁 솟아 나와요.

땅 나라에 와서 영영에게
시조를 처음 전해 주려니
왕자가 기분이 무척 좋은가 봐요.
하늘 노래를 가져온 왕자는
영영 앞에서 자신이 마냥 자랑스러운 거예요.

하늘왕자 나가신다
시조야 길을 열어라

얄라송 얄라송
얄라 얄라 얄라송

영영이 분홍빛 미소를 지으며
단단을 옆에서 가만히 바라봐요.
자 우리도 왕자의 말을 따라가 볼까요?
아니 또각또각 타는 말 말고,
입에서 나오는 말, 말소리!
왕자의 말소리가 저만치 가고 있어요.
시냇물 따라 흘러 흘러가네요.

"하늘왕자님, 잠깐 기다려주세요.
우리도 같이 가요, 네."

푸르른 버드나무 미소가 걸려 있네
봄바람 살랑살랑 실가지는 하롱하롱
해님아 썩 비켜다오 우리들이 해로다

단단이 본격적으로 시조를 가르쳐요.
학생은 누군지 알겠죠?
그래요, 영영이에요.

"시조는 하늘 노래야. 태양의 노래지.
하늘나라에서 시조는 태양을 상징해.
태양을 숫자로 나타내면 3이거든.
그래 하늘 겨레는 숫자 3을 유난히 좋아하지.

그렇기 때문에 시조의 약속도 딱 3개가 있는데
이건 반드시 외워두는 게 좋아.

시조의 약속, 하나

- 시조는 정형시이며, 3줄로 시를 짓는다.

정 : 정해진/

형 : 형식이 있는/

시 : 시/

시조는 정해진 형식이 있는 시야.
그래서 시조는 정형시지.
첫 줄은 [하늘] -- 초장
둘째 줄은 [땅] -- 중장

셋째 줄은 [사람] -- 종장

이렇게 딱 3줄로 짓지.

태산이 높다 하되 하늘 아래 뫼이로다

오르고 또 오르면 못 오를 리 없건마는

사람이 제 아니 오르고 뫼만 높다 하더라

시조의 약속, 둘

- 시조는 1줄이 4마디야. 여기서 '마디'는 계절과 같아.

그러니까 시조는 1줄 속에 '봄, 여름, 가을, 겨울'이 담

겨 있지.

바다에 / 놀러갔어 / 파도가 / 반겨주네 /

나 보고 / 생글생글 / 잘 왔다 / 인사하네 /

금모래 / 반짝이면서 / 눈웃음을 / 던지네 /

위 시조에서 빗금(/)친 곳을 잘 봐. 1줄마다 4마디가
보이지?

4마디가 차례대로 봄, 여름, 가을, 겨울이야.

하늘나라는 사계절이 또렷하거든. 사계절을 기억하
라고 시조에 새겨넣은 거지.

시조의 약속, 셋

- 시조는 1마디가 〈3자를 중심으로〉 돌고, 종장 첫 마
디는 반드시 3자로 고정한다.

시조 작품을 잘 봐봐. 예외 없이 1마디에는 3자가
기본이야.

시조는 3자가 중심이고 기본이지. 때로는 기준 3이 4
도 되고 5도 되고 그래. 시조가 〈3의 노래〉이기 때문
이지. 3은 태양(삼족오)을 상징해. 그러니까 시조는 3
자가 기준이고 중심이거든. 하늘나라에서는 이걸 '3수
율'이라고 해. '3자가 기준이 되고 중심이 되는 운율'이
라는 뜻이지.

영영, 〈시조의 약속 3개〉를 알면 시조 문제가 다 해결돼. 간단해. 정해진 약속을 지키는 시가 정형시고, 시조가 바로 숫자 3을 사랑하는 노래니까 그런 거야.

자 그럼, 내가 하늘나라에서 가져온 〈시조 공식〉을 한 번 볼까?

	봄	여름	가을	겨울		
(첫째 줄/초장)	3	4	3	4	---	하늘[天]
(둘째 줄/중장)	3	4	3	4	---	땅[地]
(셋째 줄/종장)	3(고정)	5	4	3	---	사람[人]

위에서 숫자는 글자 수야. 이걸 잘 지켜야 하지.
왜냐하면 시조는 정형시니까 그래. 정해진 약속을 지켜야 하지.
약속(줄 수 3개, 1마디 글자 수 3자 기준 등)을 지키면서 노래를 지어야 하거든.
시조 공식을 한 번 따라 읽어볼까?"

"3, 4, 3, 4 / 3, 4, 3, 4 / 3, 5, 4, 3"

(삼사삼사, 삼사삼사, 삼오사삼)

"좋아. 잘했어. 시조 공식을 노래처럼 부르면 참 좋거든.
시조 1줄은 사계절을 담고 있다고 했잖아?
시조 1줄에는 '봄, 여름, 가을, 겨울'이 다 들어있어.
그래서 하늘나라에서는
'시조'를 '사계절의 노래'라고도 하거든.
또 시조는 반드시 3줄로 짓는데,
'줄'을 시조에서는 '장'이라고 말해.

첫줄 초장은 하늘[天]을 상징하고
둘째 줄 중장은 땅[地]을 상징하고
셋째 줄 종장은 사람[人]을 상징해.

세상에서 가장 중요한 3가지를 들어라 하면
'하늘, 땅, 사람'이 아니겠어?
'천.지.인' 말이야.

영영도 '천지인'이라고 들어봤지?
그래 시조는 '하늘, 땅, 사람'

이 3개의 장이 다 중요하지만,

사람[人]에 해당하는 '종장'이 제일 중요해.

왜냐하면 사람은 생명이잖아?

'생명'이 세상에서 가장 소중한 것이니까 그런 거야.

'생명'은 순우리말로 '사람'이야.

'사람'은 '살다'에서 나온 말이지.

그러니까 '살아 있는 것'은 모두 '사람'인 거야.

'살아 있으니까' 사람이고, '살아가니까' 사람인 거지.

그래서 하늘나라에서는

장미꽃도 사람이고 지렁이도 사람이고

쇠똥구리도 사람이고 소나무, 피라미도 다 사람이야.

생명이 있는 것은 모두 사람이지.

생명은 무엇이나 다 사람이야.

그리고 시조는 사람을 존중해.

생명을 사랑하거든.

만물이 생명이고 생명이 만물이야.

모든 것은 서로를 위하고 푼푼이 나누고 베풀어.

다들 그렇게 생명을 이어가지.

이게 삶의 흐름이고 생명 현상이야.
그러니까 시조가 〈생명의 노래〉일 수밖에 없는 거지."

하하하 영영의 난생처음 시조 공부가
이렇게 끝이 났는데요.
하느님이 왜 시조를 갖고서
쌍두 괴물을 물리치라 했는지
그 이유를 단단도 알 것 같아요.
생명의 소중함을 깨치라는 거겠죠?
영영이 옆에서 분홍빛 미소로 응원을 하네요.
단단과 영영이 의기양양 만세 삼창을 합니다.

"만세, 시조 만세, 시조 노래 만세!"

선걸음에 둘은 길을 나서요.
어디로 갈까요?
코로나 괴물을 찾으러 가겠죠?
봄볕이 마중을 나왔어요.
구름 자동차가 부릉부릉
시냇물처럼 흘러가요.

어디서 나타났는지
사람들이 여럿의 구름 송이가 되어
'그리메' 뒤를 따라요.
단단과 영영은 차 안에서
시조놀이를 하고 있어요.
시조 3장을 주거니 받거니 해요.

들판 길을 흐르듯이 가요.
아아 저길 보세요.
'그리메'가 뒤태를 보이며
봄빛 속으로 미끄러지듯 들어가네요.
구름 자동차의 뒤꽁무니에서
하늘 노래가 장탄식으로 피어납니다.

가축은 어디 가고 괴물이 남았을까
노래를 잡아먹고 인정을 잡아먹고
마지막 남은 거라곤 흉물스런 괴물뿐

어느 정도 갔을까요?

약간 멀리 숲길 안쪽에서

괴성이 설핏 들려요.

혹시 괴물의 소리?

진짜로 괴물이 나타났을까요?

코로나 괴물!

단단이 전에 꿈속에서 만났던 그 괴물 말이에요.

"크크크 튕궈 튕궈 튕그르르끽끽~크크크 카카"

기괴한 소리가 뼛속을 파고들어요.

숲속 풀과 나무들이

비명을 지르며 크게 흔들려요.

아앗, 저길 보세요.

무시무시한 괴물입니다

코로나 괴물이 거대한 몸체를 드러냈어요.

코끼리 10마리를 합친 것보다 더 커요.

괴물의 몸뚱이가 온통 시커매요.

느닷없는 괴물의 등장과

괴물의 흉측한 생김새 때문에
사람들은 비명을 지르며
삽시간에 흩어집니다.
코로나를 만남은 곧 죽음이니까요.
구름 자동차 '그리메'도 놀랐는지
덜커덕 발걸음을 멈추었어요.

"크크크 팅궈 팅궈 팅그르르끽끽~크크크 카카"

괴물이 철커덩 철커덩
거대한 쇠주먹을 휘두르며
성큼성큼 다가옵니다.
단단이 차창으로 가만히 보니
지난번 꿈속에서 만났던 그 괴물이 틀림없어요.

짧은 순간이 지나고
왕자가 퍼뜩 정신을 차렸어요.
하늘에서 챙겨온 무기,
금빛 단소를 꺼냅니다.
하늘나라의 비밀 병기죠.

단소 끝에서 햇살이 쏟아져요.
무수한 햇빛 화살이 튀어나오고 있어요.
햇빛 화살이 바로 한시조예요.
빛 화살을 맞고 괴물이 쓰러져요.
비명을 지르며 버둥거려요.

"캬캬크 튕퀴 튕퀴 튕그르르낔낔~튕그르르낔낔크
크크 크르르~튕퀴 튕퀴 카카크크극"

부신 빛이 폭풍처럼 지나갔어요.
적막 속에 시간이 멈췄어요.
사람들이 웅성웅성해요.
코로나 괴물이 있던 곳에서
무엇이 꿈틀꿈틀 하는데요.
에쿠나, 이게 웬일인가요?
쥐가 한 마리 있어요.
쥐새끼가 한 마리 쓰러져 있어요.

모두가 깜짝 놀랐죠.
괴물은 어디 갔을까요?

괴물이 있어야 할 자리에
빛 화살이 무수히 박힌
쥐 한 마리가 뒤집어져 있을 뿐.

'아하, 저것이 그 코로나 괴물인가?'

사람들이 혼란에 휩싸였어요.
하늘왕자도 어안이 벙벙해요.
예상치 못한 일이 벌어진 거죠.
왕자가 하느님께 급히 메시지를 띄워요.

'뛰또뛰또 뛰뛰또 뛰뛰또'

'아까 괴물이 바로 저 쥐새끼가 맞느냐고?'

아이쿠, 빠르기도 하지요.
하늘에서 답장이 왔는데요.
황금 모자 안테나가

'또로롱 또로롱'

답을 받아왔어요.
그 괴물이 맞다 하네요.

"ㅋㅋㅋ 케로로로 크아아 오크 아으
ㅋㅋㅋ 케로로로 크아아 오크 아으"

빛 화살을 맞은 괴물은
숨이 끊어지는 순간까지
저주와도 같은 비명을 흘립니다.
돼지와 닭이 도살될 때의 소리가
저런 게 아닌가 싶어요.
얼마 후 움직임이 그치고
아무 소리도 나지 않아요.

무수한 빛살에 박혀
괴물이 죽었어요.
쥐새끼가 죽었어요.
한시조가 그랬어요.
화살시조가 그랬죠.
하느님이 그랬어요.

'뛰또뛰또 뛰뛰또 뛰뛰또'

저 흉측한 괴물이 본디는
실험용 동물이었다죠?
모르모트, 실험용 쥐 말이에요.
하느님이 메시지를 퍼뜩 보내왔거든요.
돼지와 닭의 악령이
인간에게 복수를 벼르다가
실험용 쥐를 꾀었는데
이게 바로 쌍두 괴물이 되었대요.

이후 괴물은 불타는 복수심으로
인간이 사랑하는 걸 죄다 없애기로 했는데요.
그런 이유로 사람들이 즐기는 놀이와 시와 노래를
닥치는 대로 먹어치웠어요.
생명과 생기가 빠른 속도로 결딴났지요.
그래 시간이 지날수록 괴물은
몸 색깔이 자꾸 검어지고
몸집은 점점 부풀어져
처음 쥐의 모습이 완전히 사라졌대요.

실험용 쥐, 모르모트 쥐가
무시무시하고 흉측한 괴물로 변한 거죠.
이게 쌍두 괴물, 코로나 괴물이 되었어요.

'오호라, 가엾고 불쌍해라.'

속사정을 알게 된 사람들이
괴물의 무덤을 만들어줬어요.
단단과 영영은
그 앞에 무릎을 꿇고
코로나 괴물의 명복을 빌어 주었어요.
그것은 지금까지 사람들 때문에
숱한 고통을 당하고 비참하게 죽은
모든 가축과 동물들에게 용서를 구하는 일이기도 했
어요.

괴물의 무덤 앞에서
사람들은 너나없이
기도하는 마음으로 빌었어요.
코로나 괴물 같은 것이

이 땅에 다시는 태어나지 않기를,
가축과 동물들과 사람이 옛날처럼
오순도순 행복하게 살기를
하느님께 간절히 빌었는데요.
하늘왕자가 나직이 혼잣말을 해요.

'아아, 꿈 없이 사는 하늘보다
꿈을 꾸며 살 수 있는
인간 세상이 나는 더 좋구나.
이곳에 시조 나라를 세우리라.'

단단이 두 손을 번쩍 치켜들었어요.
우렁찬 만세 소리가 뒤를 따랐죠.

"만세! 하늘왕자 만세! 시조 나라 만세!"

단단과 영영은 곧 혼례를 치렀어요.
시조 나라의 왕과 왕비가 되었죠.

이후로 지상에는
아침마다 햇살이 노래를 띄워요.

"하늘에는 하늘나라
땅에는 시조나라

얄라송 얄라송
얄라 얄라 얄라송"

시란 무엇인가?

시조는 우리나라 전통의 시입니다. 한국 고유의 시라고 할 수 있죠. "시조동화 꿈"은 한국 최초의 시조 동화로, 시조의 가치와 아름다움을 보여주는 이야기입니다. '운문 문학' 공부를 자세히 덧붙여 한국 전통의 시조뿐 아니라 시 분야 전반에 걸쳐서 함께 공부하는 시간을 가져보겠습니다.

1. 시란 무엇?

문학

: 생각이나 느낌, 정서를 언어로 표현한 예술

---

1) 문학은 말이나 글로 표현하는 언어 예술

(문학의 5대 갈래 = 시, 소설, 수필, 희곡, 평론)

2) 문학의 탄생

- 원시인들의 춤과 노래(원시종합예술)에서 문학이 탄생했어요.

- 예술은 아름다움을 창조하고 표현하는 활동이에요.

  (표현 수단에 따라 예술은 다양해요. 가령 문학은 말이나 글로 표현하는 언어 예술이고, 음악은 목소리나 악기로 표현하는 예술이고, 무용은 춤이나 몸동작으로 표현하는 예술이지요.)

3) 문학 장르(갈래)는 시로 대표되는 운문 문학과 소설로 대표되는 산문 문학으로 가름

┌─ **시** ─────────────────────────────

: 생각이나 정서를 운율 있는 언어로 짧게 표현한 운문 문학

└──────────────────────────────────────

1) 시의 3요소

① 운율 : 음악적 요소 - 낭송으로 느껴지는 말의 가락

② 심상 : 회화적 요소 - 마음속에 그려지는 그림, 이미지

③ 주제 : 의미적 요소 - 중심 생각이나 느낌

2) 시의 형식상 종류

① 정형시 : 정해진 형식이 있는 시(우리나라 = 시조)

② 자유시 : 자유롭게 쓴 시(현대시의 대부분)

③ 산문시 : 산문처럼 줄글로 길게 쓴 시(극히 드묾)

3) 시의 내용상 종류

① 서정시 : 정서를 표현한 시(현대시의 대부분)

② 서사시 : 사건, 이야기를 표현한 시(역사적 사건이나 영웅 이야기)

③ 극시 : 희곡처럼 표현한 시(연극을 위한 시/괴테의 '파우스트' 등)

2. 시의 구성

시의 형식 요소

→ 시어, 시행, 연, 운율

① 시어 : 시에 쓰인 말

② 시행 : 시어들이 모여 이루어진 한 줄

  (소설로 치면 '문장')

③ 연 : 몇 개의 시행이 모여 이루어진 한 덩이

④ 운율 : 시를 읽을 때 느껴지는 말의 가락

시의 내용 요소

→ 주제, 소재, 제재, 이미지

① 주제 : 시에 담긴 중심 생각

② 소재 : 시의 내용을 이루는 다양한 재료

③ 제재 : 가장 중심이 되는 소재(주제와 관련하여)

④ 이미지(심상) : 시를 읽을 때 마음에 느껴지는 감각

  적인 것

  (심상은 감각 기관을 자극하여 시를 생생하게 감상케 함)

1) 운율 : 말의 가락

① 내재율 : 일정한 규칙 없이 속으로 흐르는 말의 가락

주관적 운율

② 외형률 : 일정한 규칙이 있어 겉으로 보이는 말의

가락

객관적 운율

(정형시에 나타남 = 외재율, 정형률)

2) 심상(이미지) : 사람의 감각 기관을 활용

① 시각적 심상 : 눈으로 보는 느낌

보기) 빨간 맨드라미의 미소

② 청각적 심상 : 귀로 소리를 듣는 느낌

보기) 졸졸졸 시냇물 소리

③ 후각적 심상 : 코로 냄새를 맡는 느낌

보기) 향기로운 들꽃 냄새

④ 미각적 심상 : 혀로 맛을 보는 느낌

보기) 혀끝을 톡 쏘는 약수

⑤ 촉각적 심상 : 피부로 촉감을 느낌

　보기　서늘한 별빛이 이마를 때린다

⑥ 공감각적 심상 : 하나의 감각을 다른 감각으로 표현

　보기　분수처럼 흩어지는 종소리

→ 청각(=종소리)을 시각(=분수처럼 흩어지는)으로 표현

〈시어〉

① 뜻 : 시에 쓰인 말

② 시어와 일상어

- 시어와 일상어는 다르지 않아요.

  (시어는 일상어를 적재적소에, 세련되게 표현할 뿐)

- 시어는 함축적 의미(비유적 의미)를 중요시해요.

③ 일상 언어(일상어)와 문학 언어(시어)

- 일상 언어는 사전적 의미(=지시적 의미)를 주로 사용하고 문학 언어는 함축적 의미(=비유적 의미)를 주로 사용해요.

- 일상 언어는 의사 전달을 목적으로 하고 문학 언어는 감동 전달을 목적으로 해요.

  (시어는 정서 표현과 언어의 아름다움을 지향함)

3. 시의 화자

┌─────────────────────────────┐
시의 화자

: 시 속에서 말하는 이(= 시적 자아, 서정적 자아)

- 시의 어조와 분위기를 만듦
└─────────────────────────────┘

시의 화자는 시인의 대리인

시의 화자는 시인 자신이기도 하고 전혀 엉뚱한 인물이거나 때로는 사물이기도 해요. 왜냐하면 시적 상황에 맞게 시인이 화자를 창조하니까 그런 거죠. 시인은 화자를 통해 작품의 분위기나 중심 생각을 잘 전달하고 시의 표현 효과를 한껏 높여야 하거든요.

예를 들어, 작품 전체에 부드러움이 필요할 때는 여성 화자를, 격렬한 분위기나 힘이 필요할 때는 남성 화자를, 순수함이 필요할 때는 어린 소년이나 소녀가 시의 화자가 되겠지요.

김소월의 유명 작품 '엄마야 누나야'에서 시의 화자를 한번 확인해 볼까요?

엄마야 누나야 강변 살자
뜰에는 반짝이는 금모래 빛
뒷문 밖에는 갈잎의 노래
엄마야 누나야 강변 살자

- 이 작품의 화자는 '어린 소년'이에요.

복합적 심상 / 공감각적 심상

- 2개 이상의 심상이 나란히 표현되어 있는 경우가 복합적 심상이에요.
- 공감각적 심상은 하나의 감각을 다른 감각으로 바꾸어 나타내는 고급 표현 기술이고, 복합적 심상은 2개 이상의 감각을 나란히 나타내는 단순 표현 기술입니다.

  보기 분수처럼 흩어지는 푸른 종소리
        → 공감각적 심상 (청각의 시각화 표현)

  새빨간 감 바람소리
  → 복합적 심상 (시각+청각)

4. 운율

운율

: 시에서 느끼는 말의 가락. 리듬

• 운율은 시에 음악성을 부여해 주어요. 그래서 시를 읽으면 노래 가락과 같은 느낌을 받게 되지요. 말의 리듬이 운율입니다.

(보기) 나리 나리 개나리 / 입에 따다 물고요

운율 = 운 + 율

운 : 특정한 위치에 같은 음운을 반복함 (두운-앞, 각운-끝)

율 : 같거나 비슷한 소리 덩어리를 반복함

→ 그러니까 '운'은 눈에 직접 보이고, '율'은 속에 숨어 있는 가락이에요.

두운: 앞 글자를 똑같이 맞춤

(보기) 홍-홍길동은 /길-길에서 / 동-동전을 주웠다.

각운: 끝 글자를 똑같이 맞춤

(보기) 끝을 똑같이 '~노라'로 함 / 왔노라 싸웠노라 이겼노라

운율을 만드는 방법

- 운율은 소리의 규칙적인 반복에서 만들어져요.

  보기 나리 나리 개나리

- 운율은 사람들에게 안정감과 미적 쾌감을 주지요.

① 비슷하거나 같은 음운을 반복해요.

  보기 청포도 알 알알이

② 의성어나 의태어를 사용해요.

  보기 젖 달라고 꿀꿀꿀

③ 일정한 글자 수를 반복해요.

  보기 아리랑 아리랑 아라리요

④ 비슷하거나 같은 문장 구조를 반복해요.

  보기 햇빛은 바람이 고맙고

        바람은 햇빛이 고맙고

⑤ 같은 위치에서 같은 음을 반복해요.

  보기 돌담에 속삭이는 햇발같이

        풀 아래 웃음 짓는 샘물같이(각운)

5. 시의 표현법

표현법

: 주제나 정서를 효과적으로 전달하기 위해 다양하게
표현하는 방법

보기 1. 엄마 품처럼 아늑한 호수 풍경

2. 내 마음은 낙엽

3. 바다보다 깊은 은혜

시의 표현법은 그대로가 소설이나 수필 등 모든 글의
표현법이기도 해요. 그리고 표현법은 '수사법'이라는
더 멋진 이름도 갖고 있지요. (수사법의 종류는 크게 3가지)
표현법(= 수사법) --- 비유법, 강조법, 변화법

* 비유법

1) 직유법 : 연결어를 써서 직접 비유함 (연결어 = ~처럼,
~같이, ~인 양, ~듯이)

보기 쟁반같이 둥근달

2) 은유법 : 연결어를 숨기고 비유함

　보기　내 마음은 낙엽

3) 의인법 : 사람이 아닌 것을 사람처럼 표현함

　보기　장미꽃이 미소를 보낸다.

4) 활유법 : 생명이 없는 것을 생명이 있는 것처럼 표현함

　보기　자전거도 피곤했던지 마당에 픽 쓰러진다.

5) 풍유법 : 비유하는 말만으로 숨은 뜻을 암시함

(속담이나 격언에 많음 = 우의법)

　보기　지렁이도 밟으면 꿈틀한다.

6) 대유법 : 특정 사물로 대표하거나 대신하여 표현함

　보기　사람은 빵만으로 살 수 없다.

7) 의성법, 의태법 : 소리를 본뜸(의성법), 모양을 본뜸(의태법)

　보기　시냇물이 졸졸졸 흐르네. / 함박눈이 펑펑 내리고

* 강조법

1) 과장법 : 실제보다 엄청 과장해서 표현

   보기   배가 남산만큼 불렀다.

2) 반복법 : 낱말이나 구절을 되풀이 반복함

   보기   해야 솟아라 해야 솟아라

3) 비교법 : 성질이 비슷한 것을 비교함(비교격 조사-보다)

   보기   양귀비꽃보다 더 붉은 그 마음

4) 점층법 : 점점 정도를 높여감

   보기   가정을 위해, 국가를 위해, 지구를 위해

5) 영탄법 : 감탄하는 말로 감정을 드러냄

   보기   아아, 벌써 가을이로구나.

6) 미화법 : 실제보다 아름답게 나타냄

   보기   양상군자 - 도둑

7) 열거법 : 비슷한 것을 나열함

　(보기) 사과, 밤, 대추, 감 등

* 변화법

1) 설의법 : 의문문으로 표현하여 변화를 줌

　(보기) 나이가 어리다고 인생을 모를까요?

2) 도치법 : 문장의 순서를 바꾸어 변화를 줌

　(보기) 슬프다, 나라가 두 조각났으니(→서술어+주어)

3) 대구법 : 비슷한 문장 구조로 짝을 이루어 표현함

　(보기) 눈이 오면 눈이 좋고, 비가 오면 비가 좋다.

4) 역설법 : 모순된 것으로 표현함(=모순 형용/패러독스)

　(보기) 빛나는 어둠

5) 생략법 : 생략을 통해 여운을 남김

　(보기) 분분한 낙화…

6) 반어법 : 실제와는 반대로 표현함

　　보기　우리 아들, 참 잘했어요.(성적 때문에 혼낼 때)

7) 돈호법 : 이름 등을 불러서 변화를 줌

　　보기　푸른 산아, 잘 있었느냐?

＊ 원관념과 보조 관념

1. 비유는 원관념(원래의 것) 'A'를 보조관념(비유 사물) 'B'로 표현하는 기술입니다. 즉 비유는 "A는 B다"로 표현해요. A와 B는 비슷한 속성을 지니므로 이 둘을 '비유 관계'라고 말합니다. 이때 보조관념 B는 반드시 자연물이거나 구체적 사물이어야 해요. 그래야 표현 자체가 구체성을 얻게 되고 생동감과 운동성 그리고 율동감을 얻게 되지요.

　　보기　내 마음은 낙엽

　　　　　　A(원관념) B(보조관념)

2. 대상을 비유로 맘껏 표현할 수 있을 때 비로소 문학 (시)에 눈을 떴다고 할 수 있어요. 비유는 평범을 비

범으로, 일상을 예술로 승화시키는 표현 기술입니다. 비유는 아름다움이며 놀라움이며 생명이며 감동이에요. (종교 경전 = 비유의 집)

3. 비유는 보통의 진술보다 더 정확하고 더 풍부하고 더 아름답고 더 간결한 표현입니다. 가령 '내 마음은 낙엽'이라는 비유는 마음의 현 상태를 '낙엽'이라는 구체물로 아주 잘 나타내고 있습니다. 메마르고 건조하고 위험하고 지루하고 외롭고~이런 복잡한 지금의 심경을 보조관념 '낙엽'을 통해 아주 정확하고 아름답고 구체적이고 풍부하게 잘 표현하고 있지요.

＊상징

- '상징'은 생각이나 개념을 구체적인 사물로 암시하는 표현법.
- '상징'은 원관념 없이 보조관념만으로 사용하는 게 특징이죠.

① 관습적 상징(제도적 상징) : 사회적으로 만들어진 상징이에요.

(보기) 비둘기 - 평화를 상징

십자가 - 희생, 기독교를 상징

② 문학적 상징(창조적 상징, 개인적 상징) : 개인이 문학

적으로 창조하는 상징이에요.

(보기) 동화 '강아지 똥' - 모두가 쓸모 있음을 작가

가 '강아지 똥'을 상징으로 내세움.

6. 시적 허용

> **시적 허용**
>
> - 시의 표현 효과를 위해 틀린 것, 이상한 것도 쓰기를 허용함
> - 시인이 자신의 감정과 의도를 잘 드러내기 위한, 적극적인 표현의 자유
> - '시적 자유'라고도 함
>
> (보기) 오매, 단풍 들겄네
> 　　　　모든 순간이 다아 꽃봉오리인 것을

시적 허용의 종류

1) 단어를 길게 늘이거나 축약함

　　(보기) 머언 먼 젊음의 뒤안길에서
　　　　　모든 순간이 다아 꽃봉오리인 것을

2) 비표준어나 사투리를 씀

　　(보기) 오매, 단풍 들겄네
　　　　　울 어매의 장사 끝에 남은

3) 새로운 낱말을 만듦

> 보기 빛그늘이 유난한 숲길에서

4) 옛말이나 사어를 사용함

> 보기 수숫단에 빗물이 나립니다. (내립니다)
>
> 송이눈이 펑펑 쏟아지고 (함박눈)

5) 문법에 어긋난 표현을 사용함

> 보기 다시 고통하는 하루를 사는

* 반어법과 역설법

→ 반어법은 실제 상황과 표현을 정반대로 하는 것이고

> 보기 "그래 당신 잘났어." - 부부 싸움에서

→ 역설법은 표현 자체가 말이 안 되는 모순을 갖고 있
어요.

> 보기 검은 태양이 눈부시다

정형시는 민족 고유의 정서와 사고를 담는 틀

시조는 정형시입니다. 그러나 정형은 정형이되 자유로운 정형입니다. 막혀 있으면서도 트여 있고, 닫혀 있으면서도 열려 있고, 엄격하면서도 부드럽고, 째면서도 여유롭고, 눈물 나면서도 짐짓 웃는 - 시조는 삶의 진솔한 모습을 있는 그대로 표현하는 한국 대표 문학입니다. 삶의 현장은 순간순간 모순과 대립이 휘돌아들며, 그것들이 상호 침투하고 포용하면서 극적인 조화를 이루고 있습니다. 따라서 생(生)은 늘 팽팽한 긴장으로 터질 듯합니다. 시조의 문학 정신은 조화(調和, Harmony)이며, 그것은 구체적으로 '정형 속의 자유로움'을 통해 실현됩니다.

자유시가 바람이라면 시조는 그 바람에 실려 흐르는 향기입니다. 외국인의 눈으로 볼 때 시조는 한국 문화의 몇 안 되는 매력 덩어리임에 틀림없습니다. 시조의 완결성은 창호지처럼 햇빛과 바람을 받아들입니다. 안개와 바람마저 통과시키는 전통 한지의 은은함 - 닫힌 듯 열려 있는 형식 미학은 시조 문학의 으뜸가는 매력이 아닐 수 없습니다. 시조의 멋은 동양화의 여백이며, 차 한 잔의 여유입니다.

시조(時調)

> **시조**
>
> : 우리나라 고유의 정형시로서 3장 6구이며 45자 안
>   팎으로 지어짐
>
>
> 1. 시조 = '**시**절가**조**'의 준말('시절의 노래'라는 뜻)
> 2. 발생 : 고려 중엽에 발생, 고려 말엽에 시조 형식이
>   완성

1. 형식 : 3장6구, 45자 안팎

태산이 높다 하되 / 하늘 아래 뫼이로다   초장(2구)

오르고 또 오르면 / 못 오를 리 없건마는   중장(2구)

사람이 제 아니 오르고 / 뫼만 높다 하더라   종장(2구)

3자 고정(종장 첫마디)

2. 운율 : 3.4조 또는 4.4조

3. 시조의 종류

1) 시대에 따라

① 고시조 : 개화기(갑오개혁) 이전까지의 시조

② 현대 시조 : 개화기(갑오개혁) 이후부터 지금까지의
시조

2) 길이에 따라

① 단시조 : 초장, 중장, 종장의 1수로만 된 시조

② 연시조 : 2수 이상의 시조를 함께 엮은 시조

3) 형식에 따라

① 평시조 : 시조의 기본 정형을 잘 지킨 시조
(조선 전기에 성행, 주로 양반층이 작가)

② 엇시조 : 평시조에서 초장이나 중장의 어느 한 구가
길게 늘어난 시조

③ 사설시조 : 사설조로 길게 쓴 시조-주로 중장이 제
한 없이 길어짐
(조선 중기 이후 성행, 지은이는 대체로 평민층이며 작가 미
상이 많음)

4. 현대 시조의 특징

1) 제목이 있음(고시조는 대부분 제목이 없음)

2) 지은이가 분명함

3) 다양한 생활 모습과 정서를 다룸(주제가 다양함)

4) 단시조보다 연시조 작품이 더 많음

5) 시행의 배열 방법이 다양함(3줄 쓰기, 5줄 쓰기, 7줄 쓰기)

대표 시조

동기로 세 몸되어

박인로

동기로 세 몸되어 한 몸같이 지내다가
두 아운 어디가서 돌아올 줄 모르는고
날마다 석양 문외(門外)에 한숨겨워 하노라

동짓달 기나긴 밤을

황진이

동짓달 기나긴 밤을 한 허리를 베어내어

봄바람 이불 아래 서리서리 넣었다가

정 통한 님 오신 날 밤이거든 굽이굽이 펴리라

하여가(何如歌)

이방원

이런들 어떠하리 저런들 어떠하리
만수산 드렁칡이 얽혀진들 어떠하리
우리도 이같이 얽혀져 백 년까지 누리리라

단심가(丹心歌)

정몽주

이 몸이 죽고 죽어 일백번 고쳐 죽어

백골(白骨)이 진토(塵土)되어 넋이라도 있고 없고

님 향한 일편단심(一片丹心)이야 가실 줄이 있으랴

오우가

윤선도

나의 벗이 몇이나 있느냐 헤아려 보니 물과 돌과 소
나무, 대나무로다
동산에 달 오르니 그것 참 더욱 반갑구나
두어라! 이 다섯이면 그만이지 또 더하여 무엇 하리

구름 빛이 좋다 하나 검기를 자주 한다
바람 소리 맑다 하나 그칠 때가 하도 많다
깨끗하고도 그치지 않은 것은 물뿐인가 하노라

꽃은 무슨 일로 피자마자 빨리 지고
풀은 어이하여 푸르다가 누래지는가
아마도 변치 않는 것은 바위뿐인가 하노라

더우면 꽃이 피고 추우면 잎 지거늘
솔아 너는 어찌 눈서리 모르는가
구천(九泉)에 뿌리 곧은 줄 그로하여 아노라

나무도 아닌 것이 풀도 아닌 것이
곧기는 누가 시키며 속은 어찌 비었는가
저리하고도 사시(四時)에 푸르니 그를 좋아하노라

작은 것이 높이 떠서 만물을 다 비추니
한밤중에 밝은 것이 너만 한 것 또 있느냐
보고도 말 아니하니 내 벗인가 하노라

난초

이병기

한 손에 책을 들고 조오다 선뜻 깨니
드는 볕 비껴가고 서늘바람 일어오고
난초는 두어 봉오리 바야흐로 벌어라

빼어난 가는 잎새 굳은 듯 보드랍고
자주빛 굵은 대공 하얀 꽃이 벌고
이슬은 구슬이 되어 마디마디 달렸다

본래 그 마음은 깨끗함을 즐겨하여
정한 모래 틈에 뿌리를 서려두고
미진도 가까이 않고 우로 받아 사느니라

성불사

이은상

성불사 깊은 밤에 그윽한 풍경 소리
주승은 잠이 들고 객이 홀로 듣는구나
저 손아 마저 잠들어 혼자 울게 하여라

조국

정완영

행여나 다칠세라 너를 안고 줄 고르면
떨리는 열 손가락 마디마디 애인 사랑
손 닿자 애절히 우는 서러운 내 가얏고여

둥기둥 줄이 울면 초가삼간 달이 뜨고
흐느껴 목 메이면 꽃잎도 떨리는데
푸른 물 흐르는 정에 눈물 비친 흰 옷자락

통곡도 다 못하여 하늘은 멍들어도
피맺힌 열두 줄은 구비구비 애정인데
청산아 왜 말이 없이 학처럼만 여위느냐

그 문전

김상옥

모처럼
지는 꽃 손에 받아
사방을 두루 둘러본다

지척엔
아무리 봐도
놓아줄 손이 없어

그 문전
닿기도 전에
이 꽃잎 다 시들겠다

개화

이호우

꽃이 피네 한 잎 한 잎
한 하늘이 열리고 있네

마침내 남은 한 잎이
마지막 떨고 있는 고비

바람도 햇살도 숨을 죽이네
나도 가만 눈을 감네

문학은 나의 놀이터

배움이란 무지의 어두운 동굴에 횃불을 밝히는 일입니다. 나를 밝히고 남을 밝히고 사회를 밝히고 세상을 밝히는 일입니다. 사람은 배우며 가르치며 언제나 홀로 서고 홀로 걸어야 하는 운명을 타고났습니다. 배움의 바른 자세는 수동적 견딤에 있는 것이 아니라 배움을 구하는 자의 능동적 활동에 놓여 있습니다. 진정한 배움꾼은 스승이나 스승됨을 찾아가서 가르침을 직접 받고 자기 내부에 묻혀 있던 어둠을 하나하나 몰아냅니다. 배움이란 무지의 캄캄 동굴에 밝은 햇살을 비추어주는 일인 까닭입니다. 그러나 고요히 생각해 볼 때 진정한 배움은 '배우는 법을 배우는 일'이며, '옳은 질문을 던지는 법을 깨닫는 일'이 아닐까요?

인간은 사회적 존재이므로 자기 표현 능력과 이해 능력이 필요합니다. 인간의 모든 지식과 지혜 또는 인격이나 개성이나 인간적 가치의 전부는 어떤 경로를 통하든 드러나게 마련입니다. 생각건대 지식과 지혜의 출발점은 읽기와 듣기이며 그 종착역은 글쓰기와 말하기입니다. 몸과 맘으로 흘러든 한 개인의 모든 것은 표현을 통해 사회적 가치와 교통하게 됩니다. 출발점과 종착역 사이의 모든 과정과 절차는 사회 구성원의 인간됨과 인격을 갈고 닦는 일로 꾸며집니다. 누구나 잘 생각하면 모든 사람이 스승이며, 모든 경험이 교훈이며, 모든 관계가 하나의 학문임을 알게 됩니다.

모든 관계에서 학생은 어린 선비이며 어른들은 큰 선비입니다. 스스로 공부하는 사람, 그가 '선비'입니다. 선비까지는 못 되더라도 사람들은 적어도 '학인(學人)'이 되어야 합니다. 학인은 스스로 공부하는 사람이며 탐구 정신을 늘 붙들고 있는 사람입니다. 스스로 배움의 길을 만들어 가며, 즐겁게 그 조붓한 길을 걸어가는 사람입니다. 학자가 사회적 지위로 규정된 것이라면 '학인'은 제 깜냥으로 이름 짓는 것입니다. 21세기 새로운 시대는 '학인'들을 원합니다.

사람은 모름지기 생이 끝나는 날까지 인격 수양에 힘쓸 일입니다. 지식은 사방에 흩어져 널려 있고 지혜는 언제나 자기 몸 안에 스며드는 까닭입니다. 모든 지식 모든 앎은 갈래갈래 조각나 있습니다. 이것을 연결하여 통합 조정하는 주체는 인간이며 구체적으로는 인격입니다. 연결 통합 조정하는 과정에서 가장 힘센 것은 '생각'입니다. 생각은 어디든지 갈 수 있고 무엇이나 할 수 있습니다. 생각은 초능력자이며 마법사입니다. 생각이야말로 '신'이 아닐까요? 인간이 '신'을 만든 게 아닐까요? 인간보다 저급한 생명체의 관점에서 말해 본다면, 모르긴 해도 인간은 신적 존재에 가깝습니다. 생각하는 힘을 바탕으로 하여 인류 문화와 문명이 꽃처럼 피어났습니다. 지구 생명체들의 살림살이를 근본적으로 뒤흔드는 역사적 혁명은 인간으로부터 비롯되며, 그것은 전적으로 인간의 생각하는 위력에 힘입은 것입니다.

몸은 겉이고 생각은 속인데 속이 꽉 차고 튼튼하면 겉모양은 저절로 그렇게 드러납니다. 속에 들어찬 아름다움은 향기처럼 은은히 풍겨 나오고 겉으로 치장한 아름다움은 한 순간에 그칩니다. 배우는 일과 생각하는 일은 몸과 마음처럼 하나로 붙어 있어야 합니다. 만약 힘써 배우되 생각하지 않으면 미련하고 어리석어 집니다. 주체성의 잎사귀는 벌레에 먹혀버리고 창의력의 샘물은 마릅니다. 땀 흘려 배움의 길을 걸어가되, 자기 생각의 거울에 배움을 늘 비추어 볼 일입니다. 반성하는 지식, 깨쳐 가는 지혜, 실천하는 양심을 삶과 앎의 길동무로 삼을 일입니다. 배움의 온갖 자료를 자기 생각의 체로 솎아내고 확인하고 평가하고 재창조하는 일을 게을리 말아야 합니다.

만약 생각만 하고 배움을 게을리 한다면 위험한 인물이 되기 십상입니다. 오래된 관습이나 돌처럼 굳어버린 고정 관념이 단순하고 무식하고 용감한 사람을 만들어 버리고 맙니다. 편견과 독선을 갑옷처럼 걸치고 몸놀림이 무거워지는 사람이 바로 독재자, 위험한 사람입니다.

학문(學問)은 배우고 묻는다는 뜻입니다. 선배나 스승 또는 전문가에게 묻는 것도 자기 성장에 좋지만, 스스로 자기 자신에게 질문하는 게 더 바람직합니다. 왜냐하면, 의심과 반성과 질문 덕분에 인간의 역사가 과거의 단순 반복에서 벗어나 문명 전환의 물굽이를 타고 여기까지 흘러올 수 있었기 때문입니다. 한 개인의 역사도 이와 같아서 인류 문명의 발전 경로와 발전 역사가 몸과 마음에 곧장 새겨집니다. 관행과 구습의 옷을 벗고 새로운 길로 접어드는 데는 새것에 대한 의심과 질문이 앞장서는 법입니다. 자기의 몸과 마음을 늘 돌아보는 일, 이것이 평생 공부의 초점입니다.

예술은 작품에 인간과 삶의 진실을 담습니다. 문학은 언어를 수단으로 해서 그것을 아름답게 표현해보자는 얘기입니다. 운문과 산문 등 여러 문학 갈래들은 인간의 다채로운 삶을 반영하고 되비추는 거울이라고 할 수 있을 테죠. 그래 문학 작품은 저마다 독특한 모양새와 아름다움과 향기를 품고 있습니다.

문학(文學)은 영어로 '리터러처(Literature)'라고 합니다. 아니 영어 'Literature'를 우리말로 '문학'이라고 옮긴 거죠. 그런데 조선 시대에 '문학'은 곧 '학문'이었습니다. 까닭에 '문학'은 지금 우리에게 매우 고상하고 고급스런 지식 예술로 인식되고 있지요. 문학은 시인, 소설가 등 전문가만이 다룰 수 있는 고급 분야로 알려져 있습니다. 그러나 '문학'의 영어 원말 '리터러처'는

'문자의, 문자로 기록한'의 뜻에서 출발합니다. 시에 대해서 말한다면 시에는 깨끗한 마음, 아름다운 마음, 향기로운 마음이 담겨 있어요. 시적 표현의 예술 값어치가 이 점에서 유난하거든요. 어쩌면 시는 모든 예술의 정신적 고향과 같은 존재라고 할 수 있습니다.

문학은 우리들이 문자 생활로 누릴 수 있는 가장 일상적이고 보편적인 삶의 양식 중 하나일 뿐입니다. 문학은 그저 우리 삶의 한 부분이에요. 아이부터 어른까지 순백의 문자 활동이 우리의 일상인 거죠. '문학'은 나의 놀이터이고 우리의 놀이터입니다. 우리가 문학을 가지고 놀 수 있어야 합니다. 문학의 재료인 말글은 생활필수품이며 장난감입니다. 누구나 이것을 가지고 놀 수 있어야 합니다. 사람이 문학을 즐겨야 합니다. 즐겨야 문학입니다.

오늘날 문학을 크게 운문과 산문으로 가릅니다. 구별 기준은 '운(운율)'이 있느냐 없느냐 하는 것이죠. '운(운율)'이 있으면 '운문', 없으면 '산문'입니다. 사실상 이 구분은 의미가 없어요. 모든 글은 어느 정도 '운(운율)'이 다 있거든요. '운(운율)'은 말소리의 울림이나 음악성과 관련되기 때문입니다. 운율의 미감은 사람의 정서적 반응입니다. 음악적 가락이 있고(대조적 구조로 표현한다든지 짝하여 표현한다든지 등의 방법을 적극 활용) 글에 특별한 질서나 규칙이 있어 문장 표현에 기교를 부리면 그게 '운문'이지요. 동양이나 서양이나 운문이 처음 등장할 때는 딱 이랬습니다(동양에서는 시, 서양에서는 포임).

세월이 흐르며 운문이 너무 규칙에 얽매이고 기교로 흘러가기에 새롭게 등장한 게 '산문'이었습니다(서양의 프로우즈, 동양의 산문). '산문(散文)'은 규칙이나 기교에 얽매이지 않고 정확하고 분명한 의미 전달에 무게 중심을 두었죠. 산문에서 '산(散)'은 대칭되는 짝을 찾아 표현하는 등의 까다로운 규칙이나 질서에 매달리지 않는다는 뜻입니다. 동양에서 산문의 첫 출발은 유교의 '서경'책입니다. 훗날 논어 책에 보면 산문에 관한 분명한 표현이 있습니다. 공자가 말했습니다. "문장은 뜻이 통하기만 하면 된다. 辭達而已矣"(논어 위령공편) 이게 바로 산문의 정신이었던 거죠.

모든 글쓰기가 문학입니다. 슬기로운 언어생활이 문학 인생입니다. 우리의 일상이 문학의 삶입니다. 산문과 운문을 엄격하게 구분하면 안 됩니다. 모든 글은 흘러 흘러서 하나입니다. 그곳에서 아름다움과 감동의 물결이 출렁입니다. 삶의 진실과 인간됨의 진정성을 탐색하고 표현하는 게 문학입니다. 삶의 곳곳에서 가슴 뭉클한 감동을 발견하고 그것을 기록으로 남기면 그게 곧 '문학예술'입니다. 바야흐로 시대의 요청으로 한국 땅에 새로운 문학 용어가 등장합니다. 딱 잘라 말하죠. 제가 제안하겠습니다. '문학'의 순우리말로 '글꽃'을 제안합니다.

자동차의 파도와 사람의 물결을 멀리서 어루만져주는 자연 풍경은 그대로가 문학이고 예술입니다. 우리는 감동의 숨결로 세상을 호흡하려 합니다. 감동이 많은 인생이 아름다운 인생이라고 믿는 까닭입니다. 감탄을 많이 하는 사람이 행복한 사람이라고 믿습니다. 감수성의 텃밭을 마련하고 우리의 꿈과 소망을 그곳에 꽃씨처럼 뿌려 봅시다. 글꽃 세상을 우리들이 함께 오순도순 가꾸어 간다면 어떨까요?

하루에 한 번쯤 숨길을 고르게 하고 하늘을 이윽히 올려다보세요. 시냇물처럼 흘러가는 구름의 물결을 보노라면, 그곳에서 돌돌돌~ 서정의 노랫소리가 금방이라도 들려오는 듯합니다. 여백은 삶 속의 자연입니다. 무공해의 초록 공간입니다. 마르지 않는 정서의 샘터입니다. 현대인은 생활이 바쁜 만큼 일상의 여백은 더욱 아름답고 소중합니다.

행복은 자신과 자신의 현실을 긍정하고 진심으로 사랑하는 데서 출발합니다. 생활의 거센 소용돌이 속에서도 삶의 향기와 여유를 간직하고 가꾸어가는, 진정 행복한 사람으로 살아가십시오. 문학을 놀이터로 삼는 여러분이 모래 한 알을 옮기고 있는 개미보다 더 행복한 사람이 되기를 진심으로 바랍니다.

문학 창작은 이 세상 행복 체험의 고갱이와 같은 것입니다. 삶의 향기는 문학 체험을 통해 감수성 훈련, 정서 교육, 그리고 말랑말랑한 감성 교육을 꽃피웁니다. 자잘한 일상에서도 매양 느꺼워하는 마음이 행복의 씨앗이 될 테지요. 결국 문학 공부가 행복지수를 높여주는 일에 이바지하도록 해야 합니다. 행복한 공부가 행복한 인생을 만들어 줍니다.

공감하고 배려하고 마음을 나누는 일이 인성 공부의 핵심입니다. 민주 시민 의식의 알맹이라 할 것입니다. 문학 공부를 통해 길 없는 길을 걸으며 자기만의 길을 만들고, 답 없는 문제에 자기 나름의 답을 마련하면서 주변 이웃과 함께 걸어가는 일, 이것이 인생길입니다.

즐겨야 문학입니다. 문학은 갖고 놀아야 해요. 문학은 즐기는 것입니다. 음악과 미술을 우리가 즐기듯이 말이죠. 문학은 즐기는 자의 놀이터가 됩니다. 독자 여러분 스스로를 사랑하십시오. 스스로를 사랑하면 행복합니다. 덧붙여 문학을 사랑하면 한껏 행복해집니다.

글꽃 잔치가 코로나 세상을 아름답게 수놓습니다. 글을 쓰십시오. 글꽃을 사랑하십시오. 마음속 애인처럼 사랑하십시오. 이 글을 읽는 독자 여러분, 글꽃과 더불어 사랑하고 사랑하고 사랑하여 글꽃 사랑의 가없는 축복을 받으시기 바랍니다.

2021년
이동훈

시조동화 꿈

초판 1쇄 발행일 2021년 3월 18일

지은이 이동훈
펴낸이 박영희
편　집 박은지
디자인 최소영
삽화 서채영
인쇄·제본 제삼인쇄
펴낸곳 도서출판 어문학사
　　　　서울특별시 도봉구 쌍문동 523-21 나너울 카운티 1층
　　　　대표전화: 02-998-0094/편집부1: 02-998-2267, 편집부2: 02-998-2269
　　　　홈페이지: www.amhbook.com
　　　　트위터: @with_amhbook
　　　　블로그: 네이버 http://blog.naver.com/amhbook
　　　　　　　다음 http://blog.daum.net/amhbook
　　　　e-mail: am@amhbook.com
　　　　등록: 2004년 4월 6일 제7-276호

ISBN 978-89-6184-995-1(03810)
정가 12,000원